El ramo de flores

Paulina Villar Fincheira

Editorial
Cofradía

Sobre la autora

Paulina Villar Fincheira nació en Rancagua en 1991. Doctora en Bioquímica de la Universidad de Chile, ha publicado varios artículos científicos en revistas indexadas como Cell Death Disease, Frontiers in Physiology y Molecular Biosciences. Filósofa y soñadora; luego de terminar su doctorado comenzó a editar sus escritos de poesía dando origen a sus publicaciones: En verano florecen los hibiscos (2022), Las espinas de las rosas (2022), Violetas violentas (2022), El girasol del caracol (2023), y El ramo de flores (2023).

Dedicado a todos los soñadores.
A los matices que le dan color al mundo.
Y a mis flores, por hacer este sueño posible.

Contenido

La rebeldía

A la niña que creció conmigo y que no se
quiere ir,
a la que durante el día me hace feliz,
con sus tonos rosados me suaviza el verso,
la comisura,
la comilla entre mis riñas.

Le abro la escotilla para que juegue y sea feliz,
para que dentro no se altere ni se quede
callada.
La voy a cuidar con poderes,
desde el más allá,
desde aquí.

A la violeta del huerto no la puedo arrancar.
Me da finura y pureza.
La dejo brotar.

La que no quiere dejar de moverse, de saltar.
La que no para de hablar y está contenta.
La risueña, la traviesa, a esa voy a sacar.

A la que se le enredan las trenzas, la que no
para de gritar.

Corriendo, corriendo, girando como un
torbellino,
dando vueltas,
revoloteando la voy a dejar ir.

A la que no le gusta que la manden,
a la salvaje que fui.

A la niña que me hace cuestionar el modo,
la que gruñe y llora.
A la que se enamora,
ya la perdí.

Me queda la rebeldía,
la sutil marqueza.
A veces la aspereza me recuerda a la niña que
fui.

Me quiere mucho, poquito o nada

¿Qué será?
¿Me quiere mucho, poquito o nada?
¿Cuántos pétalos tendré que arrancarle a la flor
para saber si realmente me ama?

Un día creo que sí,
al otro pienso que no.
Un poquito de matiz.
Una pizca de sabor.

Creo que me estoy enloqueciendo
jugando a cantarle tu nombre al viento.
Pretendo que mi ritmo siga fluyendo,
y como un libro abierto,
pasan las páginas, los inciertos.

Me quiere.
Cae un brote.
Mucho.
Se desfigura la flor.
Tal vez un poquito.
Se me aprieta el corazón.
O nada.
Me quedan solo las hojas y los sépalos del
armazón.

Sigo albergando la posibilidad de hacerte
compañía,
contemplo el estambre desnudo y me pregunto
¿Me querrá todavía?

Sin respuestas, la incertidumbre me destruye.
Me descargo con las flores.
¿Y yo qué iba a hacer?

Me aferro a los pétalos de nuevo
con otro ramo de margaritas.
Para que se entere el mundo entero
de todo lo que tanto te quiero.

Esperanzada, ahora comienzo con más carisma.
Empiezo más fidedigna
a decretar, a esclarecer el enigma
que me deje amor en la consigna.

Y si me quiere mucho,
me vuelvo eufórica como un trompo.
Y si me quiero un poco,
sigo desflorando,
me desenfoco,
y hasta que me quiera mucho, mucho lo
invoco.

Soy obstinada,
no acepto quedarme con nada.

Tomo otra flor anaranjada
y comienzo a recitar nuevamente la balada.

Pajarito

Pajarito, perdona si te uso para sentir,
se me fue lo que me motiva,
mi impulso, mi vida.

A veces vienes, a veces vas.
Pasajero,
sin saber tu paradero,
sin tu puerta poder tocar.

Pajarito, ¡apiádate de mí!
Déjame intentarlo.
Me puedo adaptar a tu andar,
y si me llevas siempre de la mano,
te besaré al despertar.

Si abres tus alas no te olvides de mí,
y de mis árboles.
Pasamos juntos las tempestades,
volando como colibrí.

Ayúdame a olvidar, pajarito.
Y también a recordar más cosas,
más lindas, más luminosas.

¡Ay, pajarito
que se acabe la explotación!

Ay, pajarito,
intento elevar mi corazón.

Pero, ¿cómo voy a nadar si no te calmas,
si las olas me desarman?
Y aunque me asuste, me ofusque,
no voy a dejar de mover las alas.

No quiero ser la persona que aleja a todo el
mundo,
que se hunde en lo profundo,
solo para que tu paz pueda existir.

Sigo contando los segundos,
y aunque de ti no obtengo ni una palabra,
¡Ay pajarito, no te alejes de mí!
Que cuando estás cerca se mueren mis
demonios.
Y sin ellos, luego el mar borrará mis deseos,
mis desconsuelos;
y en lo absoluto,
a los agujeros de mi mente les doy luto.

Me lo dijo un pajarito.

Y de pronto la vi caminando,
y quise estar a su lado.
De pronto la vi llorando,
y quise abrazarla demasiado.

De pronto la vi leyendo
y supe que era todo lo que quería.
Un peldaño más y la tendría
a mis pies rendida.

¿Lo dijiste tú?
Entre susurros y melodías.

¿En serio?
Que, si lo hubiese sabido,
otro pajarito cantaría.

Las tinieblas

A veces quiero las tinieblas para que me
oculten del mundo exterior.
Para que mis manos no tiemblen con cada
nuevo temor.

A veces me duele la rodilla,
y como una tristeza en mi pantorrilla,
se consume mi juventud
mas nunca mi pasión.

Estoy cansado de que me duelan los brazos y
de que mi piel se caiga a pedazos.
Me doy vuelta y le hablo a la muralla,
para ver si mis versos por fin en llamas estallan.

Con las manos en los bolsillos me pregunto qué
fue lo que hice mal.
Si no he podido encontrarme a mí mismo,
ni apaciguar el aleteo de mis abismos.

A veces miro al suelo,
pero nunca hacia atrás.
Me confundo entre pañuelos de colores que no
logro identificar.

En ocasiones me pierdo entre pasajeros,

entre gente demente,
y dentro de multitudes aferentes, mi vida veo
pasar lentamente.

Derramé energía en locuciones,
en sonetos y borbotones,
queriendo decirlo todo de una vez.

Recito mis contradicciones.
Mi orgullo va y vuelve.
Pero mantengo mi mirada siempre al frente
buscando ecos en el oeste.

En ocasiones me encuentro convexo,
no porque no quiera esto,
si no por volver a configurar mis pies en los
jardines del ayer.

Lo abstracto se torna concreto,
y es que sabemos que todos vamos al mismo
suelo;
a volvernos parte de un sueño,
de un viejo huracán de ron y papel.

Apenas puedo abrochar los filamentos de los
cordones de mis cuentos.
Y el desahucio me impregna la hiel.

Días más o días menos.

Ahora hablo de la vida y los fracasos,
de la armonía de tu regazo y del camino que
tomé.

Ya me voy.
Me están llamando todos los ángeles con su
canto.
Ya no hay vuelta atrás.
Hay solo una dirección que tomar.

A veces tampoco sé dónde estoy,
ni si golpeé la puerta correcta.
No sé si ella me golpeó a mí o en un descuido
dejé las llaves puestas.

¿Por qué te la llevas a ella si soy yo el culpable?
¿Por qué tengo miedo si yo nunca fui un
cobarde,
si yo no he deseado lavarme los ojos con tanto
vinagre?

Un reluciente tanguero.

Para ti fue una fría cantina.
Para mí la oscuridad de Ámsterdam en ruinas.
Tú te perdiste en la ciudad que no existe.
Yo me perdí entre alcobas vacías.

Y así, al caer la noche lloramos juntos desde las
consonantes.
Veo las gotas corriendo por sus mejillas.

Ahora somos cada día más semejantes
con mi tanguero elegante.

Demonios

Una incomodidad,
algo que te inquieta dentro.
Amarrado a la pena y la frustración,
tiempos grises de amargas hierbas a veces
nublan mi juicio y mi visión.

Abrazar los demonios y hacerlos parte de ti,
para después sacarlos y quemarlos,
extrayendo todo el alquitrán impregnado,
que hace tiempo me venía molestando.

Voces retumbando por dentro,
dejándome culpa, miedo y pereza,
y aquella sensación de tristeza,
que no logro expresar con fundamentos.

Al no poder controlar mi propia existencia,
rechazo los sentimientos y todo lo que me hace
humana,
rechazo mis cadenas,
las normas tempranas,
y lo que me cierra tan fuerte las ventanas.

Y cuando el vaso de agua se rebalsa,
la ira emerge desde la cima,
y perdida en telarañas,

se me olvida soltar las amarras, las rimas.

Odio, ira, envidia,
ojos observando,
luego llega la vergüenza,
y me quedo atenta escuchando.

Vergüenza de mi reacción,
vergüenza de mi sensibilidad,
de mi forma de andar por ahí,
y de no tener un lugar a dónde ir.

Escondido detrás de inseguridades y abandono,
aparece el desprecio,
esperando la oportunidad eficaz,
de meterse entre mis entrañas en algún
descuido voraz.

Entre manantiales aparece el miedo.
Por la forma en que me confiesas,
que siempre me tuviste presa,
atada,
y eso me dejó cansada,
agotada,
malhumorada,
y endemoniada.

De viaje por Kioto

Escribo con cariño mis delirios.
Perfeccionista, inteligente y obstinada.
Lo primero que aparece en el buscador.
A veces, un desastre.
A veces, fugaz y arrebatada.

Haciendo popular la poesía me voy de viaje por
la ciudad de Kioto.
Sobre mi hombro llevo un cuervo negro y sobre
mi cabeza, una flor.

Rezando cada cuenta del rosario reviso por si
algo se me queda en el tintero.
Me cercioro de llevar todo lo que quiero,
y por si de andén me equivoco te llevo de
escudero.

Te miro y llevas tantas maletas.
Mientras yo voy sencilla,
sin trucos,
sin piruetas.

De viaje por Kioto me sobra el coraje.
Me convertí en especialista,
de las rimas liricista,
y de la isla el oleaje.

Llegamos al monte donde inicia nuestra historia.
La cúspide es bien alta,
el palacio me exalta,
y tus manos ya no me alcanzan.

Avanzo sola hasta llegar a un templo costeño.
El imperio y sus dígitos me llenan de alimentos.
La brisa asiática me devuelve el aliento,
y las estrellas de noche me llenan de talento.

Pasan los años, yo me pierdo y te pierdo.
Me refugio en la montaña,
mas mi mente en telarañas,
te extraña y te extraña.

En mi puerta encuentro un clavel.
No me digas que eras tú y no te pude
reconocer.

Eran tus ojos, pero algo diferentes.
Tu voz, tu acento,
el matiz de tus cabellos irreverentes.

Eran tus ojos, imposible no perderse en ellos.
Cuando los miro me transporto por el universo,
tan intensos, tan bellos.

No me digas que eras el que apareció ante mi
entrada
y yo no fui capaz de desenredar mis marañas,
la presión de mis entrañas.

Ya es imposible volver atrás.
Imposible empezar desde cero.
Después de tantos objetivos cumplidos.
Después de haberme todo dolido.

Residente en Kioto,
me consuela el arraigo.
El recuerdo de tus ojos,
y las luces que distraigo.

Sé que eras tú,
y que estuviste siempre presente.
Espero que regreses por mí,
y más anciana, más sabia,
haré las cosas diferente.

Oficial

Este poema va para vos,
este y tantos otros,
porque soñé que juntos construíamos un
imperio,
porque soñé que contigo al fin iba en serio.

Dormí por meses en la que era tu cama,
me dejaste tu almohada, tu ropa y pijama;
me dejaste en agonía,
y sin quererlo,
sin preverlo,
vos eras todo lo que tenía.

El oficial para quien me preguntase,
el marido con el que me casé,
la locura de todos mis disfraces
y la telenovela que me armé.

Pensando cómo sería el compartir nuestras
vidas,
el asar los domingos en la parrilla,
el que no nos faltaran los motivos de salidas,
las risas, las líneas.

Me sumergía en entre tus sábanas vacías,
pasando horas, semanas y días.

Y vos,
no volvías.

Una noche soñé con nuestra casa,
que estabas junto a mí y que tenía una melena;
al día siguiente corté mis hebras para que la
historia se cumpliera.

Era una señora de chal intentando recordar.
Era tu cocina,
un poco tuya,
un poco mía.

Soñé que un día llegabas,
y me decías que me querías.
Me desperté desolada,
al ver que pasaban y pasaban los días,
y vos,
no volvías.

Mr. Jones

Nadie puede separarme ni interponerse entre mí
y Mr. Jones.
Ni las carcajadas de enemigos,
ni los tres tristes trigos.

Mr. Jones es mi mejor mentor.
Desde otras tierras lejanas.
Desde la inmensidad,
una preciosidad.

Voy en su camioneta persiguiendo luciérnagas.
Entre auras, entre cometas,
cientos de estrellas brillando,
esquivando halagos,
lo voy amando.

Aparece los viernes y entonces somos los
actores principales,
de nuestro propio rodaje.
Y acumulando millas, somos demenciales.

Lo pierdo los lunes entre reuniones y placebos.
Lo recupero en vísperas del martes,
mientras le voy quitando poco a poco el traje.

Un romántico viajero,

mi tanguero.
Él me quiere abrazar y yo me dejo acorralar.

Me vuelve más dócil y flameante,
suave como el azul del cielo.

La semana transcurre.
Martes, miércoles y jueves.
Me hace perder la cabeza,
jugando con mis certezas,
me miente, me cela, me besa.

Mr. Jones me deja en un bar
esperando su llamada.
Lo sigo.
Con mis propios ojos me entero que me engaña
con una flor cualquiera,
sin aroma, sin primavera.

Pero nadie me va a separar de Mr. Jones.
Ni Alicia, ni Aurora, ni las camelias del balcón.

Tal vez Dios.
Quizás yo.

Me inunda la rabia,
mis demonios no me fallan.
¿Cómo crees que termina la canción?
¿Cubierta de sangre en la bañera,

o manchando su camisa blanca de seda con
sus tripas al sol?

Pido otro trago en el bar para armarme de
valor.
Para pensar más claramente y apaciguar mi
dolor.

¿Cómo pudo hacerme esto mi gran amor?
¿Cómo se atrevió a dañar mi lucero, mi pureza,
mi calor?

Es viernes.
Mr. Jones ha salido de nuevo.
Sin mí.

Lo sigo.
Lo encuentro en otros labios y me niego a
compartir.

Damas comen de mi carne.
Sulfuros están por venir.

Mr. Jones me ve apuntarle.
Sabe lo que voy a conseguir.

Le quito la sonrisa a ese cobarde.
Le quito la alegría de vivir.

Porque nadie podrá de mí separarte,
ni la muerte ni el descarte.

Sonrío y lanzo dos tiros.
Una para él.
Y otro para mí.

Y el silencio inunda el recinto.

Ahora vamos juntos,
siempre juntos,
rodeados de negros jacintos.

Ibiza

Llegué una tarde a la costa mediterránea,
buscando desenfundar,
mis depresiones subterráneas,
lo que reprimía mi caminar.

A mi cuesta, una maleta,
con todo lo que había guardado para ti,
lo eché al viento, a la marea,
al darme cuenta de que no eras para mí.

Llegué buscando luces,
llegué buscando darles vida a mis cruces,
y me encontré con los rayos de sol.
Me quité del cuerpo el pudor.

Me quité también la vergüenza,
de encontrarme frente al mundo desnuda,
y despojada de mis amarguras,
llegué dispuesta a vivir aventuras.

Y es que fueron meses de espera,
el pretender que yo no existiera;
meses en que me despreciaste,
meses en que se trizaron mis labios
y se partía mi pálpito en agravios.

Convencida de olvidarte,
de seguir adelante,
me topé con la fortuna;
de sentirme una sirena deseable,
de cantar bajo la luna.

Cambié de folio en las aguas cristalinas,
rodeada de sales marinas,
rodeada de extraños con muchos más años.

Voy arriba de un barco,
convencida del embrujo de mi encanto;
salto hacia el fondo y mis pies no encuentran el
piso.
Me fundo en agua salada,
sin aviso, sin permiso.

Nado y nado hasta que mis músculos no
pueden más,
agitada con cada braceada,
nado como si estuviera arriba en el espacio,
nado como si no tuviera nada más que hacer
que nadar.

¿Cuántas veces has visto tu cuerpo brillar a la
luz del sol?
Sin mudas, sin algodón,
sin observadores escudriñando,
sin nadie que quiera tocarlo.

Descubriendo rincones de mi ser,
que no sabía que existían,
me llené de la energía,
de las olas en contacto con mi carne,
de las nubes reflejando mis semblantes.

Solo somos el mar y yo.
Solo estamos el cielo y mi estribor,
meditando,
conectando,
con la magia de las rocas,
desligada de todas las ropas.

Y así renazco en Ibiza,
entre música, entre sonrisas;
vestida de esmeralda soy un gran león.
Se me olvida la prudencia
y cómo toca tu acordeón.

Me lleno de fuego color bermellón,
se enciende mi hoguera,
subiendo escaleras mi pulso se acelera;
me elevo hasta sentirme plena.

De fondo la playa, la brisa y la arena.

El centinela

Se despertó en medio de la nada.
No recordaba las horas pasadas.
Ni cómo había llegado hasta allá.

El ruido de sirenas y de autos pasando a toda
velocidad,
fueron sonidos de advertencia,
de un supuesto hallazgo,
como un shock de realidad.

Se puso en pie a andar.
Estaba mareada,
tenía sed y ganas de llorar.
Un vacío en el estómago,
y también unos cuantos flash back.

Capítulo uno.
Bitácora del capitán.

Es de noche.
Está oscuro, huele a humedad y soledad.
¿Quieres ser libre pequeña violeta?
Entonces no preguntes y sigue caminando.

¿Cuántos momentos tienen que pasar para
darte cuenta del juego

de no confiar en desconocidos ni entregarle tu
alma al vacío?

Se desvaneció.

Un rayo de sol apareció por una esquina de una
habitación.
¿Dónde estoy?
De pronto, parálisis.
De pronto, el temor.

Si cierro los ojos y encuentro la blanca nieve,
me cubro de su suave y gélido manto.
Sentir la albura de los copos blanqueando mis
huesos sería un dulce progreso.

Envolverme en su delgada textura hasta
librarme de aquel foráneo silencio.
Sigo flotando en el trapecio.

¿Y si abro los ojos y encuentro el mar?
¡Voy a tener mucha dicha, mucha felicidad!

La cálida arena y la espuma de las olas
abrazando mis sentidos.
Las gotas de agua calmando todo mi recorrido.

Con la cabeza a punto de estallar se despertó
desorientada en una celda singular.

En medio del bosque.
Un centinela vigilando su libertad.
El rayo de luz que se colaba por la rendija,
le daba una pista de la exterior temporalidad.

Capítulo dos.
Bitácora del capitán.

Usted no puede entrar.
No tiene el acceso.
Con esta prisionera no es posible el ingreso.
Es un ser peligroso, piensa por sí misma.
No sigue órdenes sin cuestionar los modales, los
carismas.

Capítulo tres.
Bitácora del capitán.

Soy el centinela velando por la verdad.
Hoy tengo una prisionera de máxima seguridad.
Una especie peligrosa,
consigue las cosas de muchas formas
de muchas maneras.
Una hábil golondrina que me ordenaron
escoltar.

Es de noche otra vez.
Estamos juntos en la misma habitación el
centinela y yo.

Me mantiene cautiva,
dice que soy demasiado atractiva.
Por eso no me mira y para no caer en tentación,
me esquiva.

Sigo paralizada esperando un impulso de
valentía.
Moviendo una extremidad me acerco con
cautela,
y esta vez se queda inmóvil el centinela.

Huelo su miedo, su evitación.
Siento cómo late con fuerza su corazón.
Esta vez su guardia está baja. No sé qué le pasó.
Mi canto y mi hermosura se hacen irresistibles.
Por esta vez su indiferencia fracasó.

Experta en el arte de la seducción,
me entrenaron para esto.
A él lo educaron en firmeza,
en resistencia y arresto.

Me acerco lentamente a su cuerpo hasta que
pierde el control.
Dejó caer las ropas al suelo mientras el capitán
pierde la razón.

Mis besos lo elevan al cielo y de su cinturón lo
desapego.

Los ritmos de mi tambor lo vuelven más humano,
más veraniego.

Nos envolvemos en etanol.
Nos quemamos en fuego.
Hasta que sus ideales no son tan certeros.
Hasta que se olvida de sus grados, de sus
miedos.

Espero que se duerma para tomar el control.
Una táctica de defensa para del encierro no
estar propensa.

Tienes que irte ahora Violeta,
corre mientras puedas.

Me libero de la prisión.
Por última vez lo miro dormido,
esta vez parece un niño tranquilo,
pero sé que cuando despierte, si me quedo,
me hará prisionera de otra prisión.

Lo miro de nuevo.
Conservo el último fragmento de recuerdo que
puedo.
Quizás en un futuro las cosas sean distintas
logrando acoplar nuestros ritmos, nuestras
cintas.

Pero por ahora,
sin despido,
me alejo sin pistas.

Amor extinto

Tu y yo éramos unos niños deprimidos,
intentando pertenecernos;
buscándose,
pero nunca alcanzándose.

Un malestar contra la propia existencia,
una disconformidad,
que nos costó, más que una promesa.

Tal vez no dejamos que entrara la alegría,
esa que se suponía,
tendrían a diario nuestras vidas.

Solo sé que algo sucedía,
un desapego,
un desinterés,
una suave agonía.

No hubiese resultado
aunque hubiésemos querido,
yo no podía sacarme la pena del ombligo,
ni tu borrar su color azulado.

Te dejé por ansiosa,
porque no había magia en nuestro andar,
te dejé para que creciéramos

y pudiéramos volver caminar.

Agradezco los años de tranquilidad que me
diste,
el estar rodeada de tus brazos,
el sentirme segura y cubierta de río en mis días
más grises.

Tú apaciguando mis mares,
yo activando tu vehemencia,
nos quedamos aferrados a tantas piezas,
perteneciendo en indiferencia.

Nuestros caminos se entrelazaron,
a ratos en llamas,
pero nunca nos quemamos,
y agradezco esa parte de la trama.

Y ahora que no te tengo
vuelven las tormentas a nacer,
de los antiguos fantasmas,
de violetas que aparecen al anochecer.

No me queda más que cocer mis propias
grietas,
y disculparme por el daño que te pude hacer,
espero que recuerdes los años en que fuimos
felices,
y así yo también los recordaré.

Lamento haberte presionado
al no darme lo que necesitaba,
o eso creía o pensaba,
no estaba segura de estar viva,
entre tantas siluetas vacías.

Egoísta de mi parte pretender que tú podías,
sanar y llenar los vacíos que me dejó el infierno,
y ahora que se acerca el frío invierno,
solo vives en mis fugaces recuerdos.

Lamento haberte dejado de esa forma,
pero un demonio agresivo y violento
con su voz me impedía hablar,
estirarme y actuar.

Sigo luchando contra él hoy día,
a veces me gana, a veces me derriba,
la hierba alta me ayuda con el llanto,
y ahora cada vez lo veo menos cuando canto.

Mateo Benito sigue conmigo,
vemos pájaros cantar,
a veces se me esfuma la alegría,
a veces no puedo respirar.

Sin embargo, no busco culpables,
solo quiero olvidar el origen de mi desvelo,

para el día de mañana cuando eche vuelo,
ser indestructible, serena y libre.

No puedo volver atrás, aunque quisiera,
cada día amanezco distinta,
te agradezco por todo tu amor,
por todo tu tiempo, por toda tu tinta,
y por la forma en que me amaste y cuidaste
en mis momentos de contraste.

Te deseo lo mejor en tu nueva senda,
sigue adelante,
que yo también haré lo mismo,
con un mejor semblante,
más elegante con un amante,
más llena de energía;
y desde ahora en adelante,
seré radiante como diamante.

La despedida

Sin mirar atrás,
sin vacilar,
te digo adiós,
demasiadas vueltas generan confusión.

El rocío humedece mis espinas,
y mis ansias tapan el sol,
ya no sé lo que te imaginas,
ni lo que crees que fue que pasó.

Nuestro rumbo dejando el peso,
quiero saber qué hace temblar al ciclón,
que perturba mi sed desmedida.
¿Qué fue lo que ocasionó el remezón?

Me voy a echar a volar en silencio,
voy a buscar en mi sien,
me voy a despedir sin desprecio,
mientras menos sepas de mi piel.

Y mientras valga aquel momento,
sumergida en azúcar y miel,
está mi dulce voz paralizada,
congelada,
detenida frente al riel.

Despidiendo mi pasado sombrío,
un fusil aparece entre la hierba,
me frena y te aleja,
arrancando una por una todas mis quejas.

Y yo que pasé por tanta tristeza,
me voy a despedir también de ella,
la desplazo al precipicio
y me quedo firme sobre el piso,
forjando de nuevo mi ser.

Y continúo con lo que tengo,
sacudo todo lo malo que en mí había,
para ver si ahora al final del cuento,
me despido también de la lejanía.

El fantasma

A veces creo que amo a un fantasma.
Mis visiones, mis libros por los aires.

¿Será por mis penas que veo difuso?

Veo marcas de agua en mis billetes,
y en mis aretes,
más perlas al pasar.

¿No sé qué hacer para que aparezca?
Lo llamo, y no regresa.
¿No sé qué hacer para estar a su lado?
Y ahora, ¿qué hago?

¡Ay, qué va a ser de mí!

A veces deseo la muerte para verlo al final del
túnel,
o la muerte para borrarlo al fin.

Mi cordura fantasea,
y para no amar al aire,
florezco.

¿Dónde estarás corazón?

La lejanía.
Me obligo a dormir para verte en mis sueños,
para volver al lugar donde somos felices,
para volver al jardín.

La locura, mis visiones,
nuestro imperio, las canciones,
todo se mezcla en un gran supuesto,
en un gran porvenir.

Un fantasma aparece en mi frente,
en mi costado,
me acompaña a todos lados.
Y con el azul del cielo
me cubro en su cálido manto.

Aparece en mi cabeza,
me ama, me cela,
pero aún no me besa.

Y cuando la luna mece menguante,
más melodramas en cada instante.

Inviernos, infiernos.
Incondicional,
pero ahora me quejo.

Hay ciertos puntos de los cuales quisiera
hablarte

creo que ciertos delirios me quitan mi brillo,
mi dulzura, mi aliño.

Y yo que lo amo tanto,
en silencio,
lo sigo esperando.
Rogando para que no me deje.
En silencio, anochezco.

Hay algo que te aleja de mi corazón.
Me quejo en mi interior,
me enfermo.

Y en un lugar seguro donde volverme violeta,
se esfuman las caretas y puedo ser yo sin grietas.

El tiempo suavizó mi acorde, mi voz.
Envuelta en talismanes.
Cada día, más destrezas.

Amé por mucho tiempo a un fantasma,
pero ya estoy acostumbrada a eso,
al amor sencillo,
al respeto.

Acepto la realidad.

Ahora, soy un ángel caído del cielo,
aunque me mimetice entre amonios,

sigo siendo una flor sin velo.

Mi alma adquirió otras entonaciones.
La flor floreció,
de todas los hojas secas,
un brote,
un amor,
llevándome por nubes de algodón.

Avanzo hacia la escarcha.
Rayas invisibles me frenan el aliento.
Y contento,
a veces apareces como un fantasma,
a veces, tan solo a veces,
dispuesto a ceder.

Visiones pasan por mi mente,
rogando para que sea real,
me lanzo hacia el vacío,
y como el agua del río,
se quedan mis ilusiones en el frío.

Se desconecta,
yo me desvanezco implorando que se
aparezca,
yo me desfallezco apostando en la ruleta del
amor.

Le ruego.

Aparece, por favor, que algo se impregnó en
mis huesos.
Que cuando respiro, te pienso.
Que cuando veo pasar el día y llega la noche,
a tu lado me quedo, fantasma.

¿Y entonces qué hacemos?
¿Te vuelves real o qué?

Adivinanzas.

Y pasajero, aparece el fantasma otra vez.

No llores, que haces llover.
No llores, ¿vamos a comer?

Te sigo eligiendo por una extraña razón.
Si quieres que todos los poemas sean para ti,
también, te lo concedo.
Genio.
Cuántas veces me he despedido ya,
y siempre regreso a tu canto.

Lo complazco,
y contento por ganar,
me da más paz.

Y con la certeza de que nunca lo dejaría,

más feliz se vuelve,
más seguro,
más real.

Estoy enamorada de un fantasma,
pero ya no quiero un fantasma,
te quiero a ti.

Flotando en carmín

Los viajes que he recorrido,
los hilos que he tejido,
le han dado verano a mis versos,
le han dado invierno a mis escritos.

Me miro frente al espejo y me embarco en la
noche estrellada.
Consciente del naufragio,
leyendo la última página del cuaderno,
escalofríos en mis espinas,
tinieblas, ruinas.

Miles de ofrecimientos en las paredes,
y entre luces veo más seres,
deseando mis vacíos,
y con el mundo al revés, me tiemblan los pies.

Distracciones tras distracciones.
A punto de emprender el vuelo,
y en el juego cruel de hielo,
me quedo flotando en carmín.

Intentando sentirme viva y joven de nuevo,
sin una pizca de sal de mar,
doy un paso al trampolín,
y lo dejo todo atrás.

Sin preocuparme del reloj vuelvo al instante
perfecto.
A los lugares que quemé,
donde ardieron los recuerdos, ya no volveré.

Sigo flotando en carmín.

Saltando por ahí me elevo con los brazos,
pero la espalda me truena;
la cuenta me frena.
Y yo, queriendo amar por ahí.

Intentando desviar las curvas se me pone el
pelo rizo,
con las manos, magnetismo,
y en diferentes velocidades,
me acerco al fin.

¡Cariño, sigo asustada flotando en carmín!
Y la gente me llama y me llama
envuelta en satín.

Sin vacilaciones, me llora la mirada.
La varita la dejé en melodías.
Mi fulgor entre montañas.

¡Cariño, muero lentamente,
me sangra la herida!

¡Si no tengo amor estallo en agonías!

¡¿Qué más da?!

Suspiro y me hundo en el líquido.

Adiós María Sayonara.

Funeral

Me imagino un gran funeral.

Periodos extraños y confusos nublan mis
certezas.
Las fichas del tablero pierden su orden,
al no distinguir entre la brisa del anhelo y la
auténtica señal,
se aproxima bien tersa la corona fúnebre en el
umbral.

El fuego quemando creencias,
incinerando molestias.
Algo se tiene que morir dentro de mí.
Algo se quiere escapar de forma impetuosa,
tornando mis latidos en olas peligrosas.
Comienzo a añorar el descansar.

El fuego quemando mis dolencias,
incinerando temores.
Ya viene la capa negra con su brillante filo,
que como un buen amigo,
va ayudarme a tener paz.

Y ahora en el asiento del vagón,
espero puntual que llegue aquel varón,
de largo atuendo y profunda voz,

para borrarte al fin de mi corazón.

Tantos supuestos.
Tantas cosas que deberían estar sucediendo,
se me agotan los suspiros, los recuerdos,
la niebla me ciega y empiezo a contar hasta
diez.

Espero un gran funeral.

En cenizas terminarán mis versos.
Sin secretos a la tumba.
En azúcar y timbales dejaré mi alma descansar.

Después del llanto vendrá un gran canto,
y desde mis restos un gran sauce crecerá.
O tal vez crecerá un limón,
para dejarle al mundo un poquito de mi sabor.

Se esconde el sol.

Anochece.

Me quedo sentada esperando el final.
Me voy desvaneciendo despacio,
sin prisa, sin quebranto.

Poco a poco me voy quedando dormida.
Consumida.

Cuando siento tus labios en mi escudriñar.

Esperando en tu umbral

Me rogará que no la deje,
que no suelte su mano y me quede con ella por
la eternidad.
Y yo que la amo tanto, le obedezco.

Quiero decirle que va a estar todo bien,
que no se deje atormentar,
que la felicidad ya está,
que nada nos puede dañar.

Vuelvo a prender la luz que resplandece.
Sabes lo que rima,
mi vida,
el cómo fue enamorarme de ti.

Porque cuando aparezca voy a correr llorando
a sus brazos,
a enredarme entre sus lazos y en su regazo le
diré:
¿Por qué tardaste tanto?

Ya vi el futuro,
vendrá con todos sus pedazos,
y yo cuidadosamente los ataré a mis lazos.

Y todos ustedes se van a quedar atrás.

Mientras yo le cumplo los antojos.
Mientras le limpio las lágrimas de los ojos,
soy feliz hasta la punta de mi nariz.

Amanezco arrollado a su lado y me vuelve el sol
más luminoso de mercurio.
El más frondoso de los árboles.
Un novato enroscado en sus capullos.

¿Lo dije yo o fuiste tú?
El que se coló otra vez en mi inconsciente,
jugando sus piezas tan diligente,
cuando aparece el abanico por los aires,
me vuelvo sonriente.

Nunca tuvieron oportunidad,
consigo todo lo que quiero,
y te quiero.

Saco la maleza

Cuando mi norte se pierde en la espesura.
Cuando comienza a doler todo en mi interior,
pierdo el estribor,
no logro alzar la vista,
el ímpetu y la pasión se apoderan de mi
cabeza.
Adquiero torpezas.

Sintiendo el universo entre mis manos se me
encorva la postura.
Se disuelve la hermosura.
Y la arena se cuela sin querer.

¿Será porque no lo soñé lo suficiente?

Saco la maleza.
Arranco la rabia para despejar mi molino,
a ver si recupero el camino que cubrió la hierba
con bosquejos,
con bostezos, aparto las hojas de los pinos.

Su extensión me cubre de vendas.
Me limita.
Y el cálculo de mi cabeza empieza a
acontecer,

a darme asperezas, al precipicio del vacío sin
caer.

Ayer era el momento.
Lo desee con todos mis poderes,
pero obtienes lo que quieres cuando ya quieres
más rebanadas,
torrejas bien cortadas para tomar del dulce té.

Despojo las raíces de mi interior para limpiar mi
alma del pasado.
Profundizo y arrastro el lodo hacia un costado,
bien lejos del jardín.

Y así, para que crezcan azucenas por centenas
me dispongo a tocar mis cuerdas, mis antenas.

Siento si no digo nada,
en silencio, callada.
Quiero estar tranquila y amada.

Y por eso, saco la maleza.

Sintonía

Me curo en lectura.
Emano en escritura.
La definición gráfica de alegría.
Si tengo que vender una droga será la poesía.

De hecho, vendo una,
me toco, te toca.
Tremendo temple, tremendas notas.

La irreverencia como marca.
El espíritu, la rebeldía.
Esa clase de narcótico incrustado en las encías.

Turquesa la condesa,
muevo la empresa con zumbidos.
Próximamente con sonidos,
de mis colores preferidos.

En sintonía voy suscitando y
mato dos pájaros de un tiro.
Voy creando
y las teclas del piano,
van sonando, van cambiando.

Vivo y respiro poesía.
Vivo del corte y la confección.

Con las plantas la pongo de moda,
y mientras se consolidan mis versos, más cuotas.

A veces sedada entre citratos
escribo mis versos.
Estupefacientes en mosaicos.
Voy sintonizando.

En mi mente tengo veintiuno.
Como los gramos de mi alma.
Como el peso de la amalgama cuando me
acerco a Neptuno.
Como el cereal del desayuno.

Alucinógenos entre vinilos,
definitivamente mi estilo.
Una racha de luz entre el ébano cristalino,
resplandece de la cabeza al ombligo.

El estribo en mi oído me da todo el sentido.
Cornisa de piedra y fachada de metal.
A punto de sacar mis pasos prohibidos
se enciende un fósforo fugaz.

¿Qué está pasando?
Voy sintonizando.

Se dibujan las señales.
Abiertos están los portales.

Sigo sintonizando
las coincidencias, las vocales.

Un poquito de poesía.
Solapa, la capa,
manos tendidas.

El sistema que me guía,
ajustando sintonías,
me regala todo aquello,
todo aquello que quería.

La antena móvil va encontrando frecuencias.
Enfrento mis miedos captando turbulencias.

Me curo en lectura,
y libero escritura.

Con mis versos aflorando,
voy sintonizando.

Ligera como pluma

Sin ataduras visibles,
sin resortes, sin combustible,
luciendo una cadena elegante tengo a mis pies
al dominante.

Frenando la sensación de agobio,
soy yo quien le da más soga.
Y para que no se aleje de mí,
me convierto en su adictiva droga.

Porque sin él me quedo volátil,
sustantivamente versátil,
cambiando de panoramas,
cada vez que su ausencia reclama.

Y me doy cuenta de que de a poco me van
gustando los sofocos;
la necesidad de tener un vínculo,
algo que me mantenga sobre la tierra,
para que la fuerza de gravedad no me lleve,
y sin paradero me quede.

Me vuelo con el viento cuando digo todo lo que
siento.
Ligera como una pluma.
En blanco como el papel.

Liviana como la espuma.
Bella como el clavel.

Me muevo ágil por el laberinto que me acerca
a su piel.
Veloz por los lúgubres recintos,
porque entre más rápido existo,
menos me alcanza la vejez.

Y siempre quiere saber por dónde ando,
por dónde llevaré mi ligereza.
Por eso no es ninguna sorpresa,
cuando veo que me está esperando,
cuando me besa.

Y parece que entre más ligera me vuelvo,
más peso me quiere poner,
más quiere amarrarme a su centro,
más firme me va a sostener.
Y yo filosofando me evaporo,
y entre suaves decoros,
encuentro la manera de sentirme sustancial,
curvada como espiral.

Me torno voluble cada vez que de mi lado se
va,
y ansiosa por saber su paradero,
me desespero.

Regresa con más cariño para que me quede en
sus castillos.
Regresa con sus bolsillos repletos de semillas,
y pérdida entre sus negras pupilas,
me echo a brotar.

Y así, conmigo va aprendiendo a vivir amando
a una pluma,
sin poseerla,
sin nada que la consuma,
cuidadosa de que alguien la presuma.

Y si mi esencia se le esfuma,
me vuelvo espesa como la bruma.
Para que se sienta más seguro,
derribando sus grandes muros,
me vuelvo el humo de sus puros.

9 789560 977144